現代俳句文庫――85

福島せいぎ句集

ふらんす堂

目次

作品

収録作品

『台湾優遊』抄	一九九八年刊	五〇句
『青春』抄	二〇〇〇年刊	三〇句
『沙門』抄	二〇〇〇年刊	九〇句
『天蓋』抄	二〇〇五年刊	九五句
『虎の陶枕』抄	二〇〇八年刊	五〇句
『遊戯』抄	二〇一三年刊	六〇句
『台湾抄』抄	二〇一五年刊	二五句

『台湾優遊』抄

三彩の馬がいななき春立てり

町裏の小さき教会鳥雲に

師の家を訪へば樹上にペタコ啼く

水牛の泥田を蹴つて耕せり

海と空ひとつづきなる朧かな

荒彫りの仏匂へり山つつじ

走り根が抱く土地公さくら咲く

アミの子がふらここ漕げば海見ゆる

一つ家に一族住めり桃の花

椰子の木に弾痕のあり二二八

囀りや愛河はなるる鳥の影

潮風のとどく棚田の畦を塗る

水晶の数珠を大事に豆ごはん

媽祖通る道のパパイヤ青ふぐり

蛇酒を売る赤鼻の口上手

生卵立ててよろこぶ端午の日

朝食の豆乳甘し仏桑花

夕立に茶をすすめらる停《てい》仔《し》脚《きゃく》

富籤に群がる女夏氷

かたまりて家鴨かがやく夏の川

鰻食ふ手にもてあます旅鞄

うたたねに地獄見て来し陶枕

衛兵に水吹きかける炎暑かな

花かかげ淡河ながるる布袋草

流し目の京劇女燭涼し

絵ガラスの廓の窓の釣忍

夏落葉悲情城市のロケの坂

青椰子に猫が爪研ぐ港町

大仏の大きなへそに緑雨垂る

纏足の朱き布靴夏館

ひところ湖に日の射す薬狩

六月の峰昏れ残る山上湖

木の卓に鉈傷のあり花朱欒

阿里山系よく見ゆる日の代田掻く

夜香木匂ふ夜市を往き来せり

薫風に衣紋ほころぶ朱唇仏

朝からの銭の話やドリアン食ふ

椰子の葉を鳴らしてゆけり大夕立

塩噴きし日照りの道を媽祖訪へり

滝落ちて砂金の川を濁しけり

月の路地小籠包をすすり食ぶ

骨董屋多き街並欒《げん》樹《じ》咲く

どの家も窓開けて寝る良夜かな

籠抱きて反り身にあるく菱売女

竹組みの産屋の土間につづれさせ

入墨の女に会へり甘蔗畑

新涼や色鳥つくる飴細工

地芝居のはじまる銅鑼を打ち鳴らし

この国に眼白鳴かせて棲まんかな

檳榔樹初日をかへす海の照り

海へ出て夏蝶影を失へり　『青春』抄

すかんぽを嚙めば幼き日々を嚙む

黄昏のあかるさに耐へ雁わたる

秋潮に浸す二つの掌をかさね

くちづけのあとの羞ぢらひ夏氷

木蓮の花は羅漢の瞳の高さ

鈴鳴らす遍路生者に出会ふたび

四季同じ靴履き教師梅雨に入る

百蟲の歎きを入れて涅槃の図

穀象の走り出でたるお洗米

鉦打ちし掌をもてこがね虫を擲つ

荒神輿来るといふ道掃きゐたり

少年のまじる写経会麦の秋

運動会子が先頭に走り来し

味噌倉につづく藍倉ふきのたう

出棺の膳に添へたるすだちかな

妻の手に青梅の笊かがやける

大屋根にまたがりし子よ遠花火

夜学出て大いなる影歩き出す

寺の昼木菟来て眠りほうけたる

笹鳴きや膝に日を溜めお七仏

お遍路と金平糖を分かち食ぶ

初つばめ仏間をぬけてひるがへり

石鎚に雲一つ乗り曼珠沙華

真水湧く松原の端芦の角

寺の子が踊る阿呆となつてをり

托鉢へ脚絆を緊める初時雨

涅槃図を月にかざして仕舞ひけり

村の子に覗かれほどく遍路の荷

阿波水軍砲台跡の返り花

松飾り一気にくづす崩御の日　『沙門』抄

早梅や声高らかに大般若

子の便り墨書で届く桃の花

寺の井で花烏賊洗ふ行商女

鐘撞きに来て筍をさがしけり

天草干す弁才天へ磯つづき

打ち寄せる卯浪の芯へ投網打つ

下り簗遠回りして母訪へり

朝市の盥に浮きし青瓢

霍乱に学僧高野下りけり

新米をたまはる蔵の鍵開けて

自然薯の尾のながながと石嚙めり

石鎚の初雪つけて行者来る

火渡りの素足を浸す冬の水

雛あられお七地蔵にこぼれたる

泰山木くれなゐの芯かがやける

簞笥より恋文出でし更衣

寺の子の長髪となる夏休み

さしあげし神輿を蜑の子がくぐる

棒杭に括りてありし残り菊

郵便車雪のフェリーに乗り込めり

早春の小流れ鹿が跳びゆけり

伐採の丸太匂へり春の山

こでまりやきれいに掃いて寺の奥

方丈に山の風入れ豆の飯

のうぜんののぼりつめたる空の青

蜂の巣を焼けよと婆が寺に来る

布袋草流れてゆきし爆心地

月下美人咲かせ校長夫人なる

秋祭むかしの役者飴を売る

猪垣の裾をひらきて母の墓

火渡りの燠を分けあふしぐれ道

古書店に浮世絵さがす余寒かな

磯かまど焚きしあとあり波寄する

鮴とりが夜の川底照らしをり

船底を叩く音なり青葉潮

登校の子の束ねたる洗ひ髪

ネパールの猿酒提げて夏見舞

ずぶぬれになりて経読む終戦日

煮こごりを銀座の猫が舐めてをり

地獄絵の襖開けたる花見かな

石地蔵少し動かし竹植うる

盗人を諭す釜蓋あく日かな

松茸の匂ふ茶室に泊りけり

角切られ鹿の呆けてゐたるかな

モラエスの旧居をのぞき福詣

小鳴門の捨蛸壺に名草の芽

黒潮が取り巻く島の梅探る

行く春や蕪村大魯の墓並ぶ

台風の逸れてまたたたく旱星

雨降りて紅さす白き曼珠沙華

流木に大鍋吊りし芋煮会

天守閣なき城山を鳥わたる

住職が猫に湯たんぽあたためし

首のばし軍鶏がのぞけり鍬始

冬の地震おのころ島へ水運ぶ

教へ子の髭のラガーの走り来し

むささびが闇を飛ぶなり奥の院

春近し猫へ手枕して眠る

鮎掛の声が届けり座禅堂

浜菊や少年の日の魚釣場

笠の下瞳の澄んでゐる冬遍路

風花す眉山滝口のぼるとき

渦とけて観潮船の向き変ふる

開帳の秘仏のおん眼ぬぐひけり

風つよき岬に枇杷の袋掛

近づけば揺れてゐるなり山法師

阿波三峰はるかに見えて牧涼し

水槽に蛸が吸ひつく年の暮

大寺に隠し部屋あり嫁が君

打ち寄せる荒布拾へり海部川

遠山の剣颪にしぐれけり

芽起しの山の水ひく駐在所

力車漕ぐ泰山木の花の街

最澄忌比叡は雲の上にあり

浮いてこい父はどこまで逝きしかな

除幕せし赤石の句碑霧まとふ

枯芝にいくさなき世の将棋さす

死ぬことの不思議見てゐる寒さかな

冬の雷叩きつけたる与謝の海

桑の木のねぢれしままに芽吹きけり

泣き婆が膝つき泣けり涅槃絵図

谷底に青き山の湯岩つばめ

金剛の阿吽へさくらふぶきかな

青石は父の記念碑蝶生る

むつごらう三匹食へり黄霊芝

びんづるの縁の下なる蟻地獄

花蘇鉄戦火に焦げし幹残る

水飲みにすぐ蜂がくるひつじぐさ

秋遍路白装束に亡き子の名

姑《クー》娘《ニャン》と妻は遠出の初電車　『天蓋』抄

笹鳴きやおゆび欠けたる遍路石

堰越えて蛇籠に春の水奔る

涅槃図の象は膝つき泣いてをり

句碑ひらくさくらふぶきに声挙がる

サイダーをごくごく飲んで母逝けり

旅に死す異人葬むるついりかな

武者幟鍾馗は父の手描きなる

紫陽花は青花ばかり羅漢堂

剃髪のシャボン泡立つ半夏生

ちちははの盆燈籠を並び吊る

月餅を割れば胡桃のこぼれけり

捨猫のついてくるなり夢道の忌

御殿井戸覗けば秋の空がある

冬の夜のジヤズに肩寄せ婚約す

学僧でありし青春根深汁

手毬唄山に日暮れの来たりけり

ふきのたう煮てをり母のせしごとく

木登りを知らぬ子ばかり良寛忌

ミツキーと踊るいちにちあたたかし

なづな野へ花嫁の荷を下ろしけり

阿波人は踊りだすなり夜のさくら

鉋屑匂へり春の土のうへ

阿波狸古戦場跡春落葉

草笛を吹きし童顔妻にあり

加持水を壺より汲めり山ざくら

戦中派トマトにソースかけて食ぶ

蟬しぐれ女人堂より歩きだす

おほかたは猿が食ひたる栗拾ふ

秋出水こんにやく橋に杭残る

長き夜や添ひ寝の猫が耳を嚙む

秋風やあの世が見ゆる人来たる

子が父の梯子支へて松手入

須弥壇の四隅に匂ふくわりんの実

池普請僧が指図をしてゐたる

キャパ展に心満たせり冬の虹

しろがねのいつぽんの棒冬の川

寒蜆底まで青き吉野川

手焙りを沙弥が囲へり堂の隅

春の旅誰も試さぬ力石

黒潮の沖かがやけり涅槃像

しやぼん玉白川に触れはじけたり

喰初めの子に天然の桜鯛

花御堂つつじのほかはなかりけり

籐椅子に父ありし日の煙草の香

空蟬を耳疾に効くと拾ひをり

身寄りなき人を葬りし大暑かな

三尺寝狸寝入りと言はれても

畝に寝て藷食ひしこと終戦忌

仏壇に青きゴーヤの盆の馬

灯台に白波立てり雁渡し

買はずにはをれぬ生姜のみづみづし

みどり子の手に一粒の黒ぶだう

蒲生田の歯朶あをあをと冬立てり

流れ星かがやきて消ゆ師の星か

買初の贋物らしき美人俑

豆腐切ることも庖丁始かな

子が父へ父が祖父へと御慶かな

初夢や徐福の船に乗り合はす

恋猫の不動明王倒したり

蓬萊は梅咲くころか雑煮餅

仏弟子の朝寝赦せよ鍬始

春の雪珠数屋四郎兵衛看板に

封筒をこぼれし涅槃団子かな

干鰈骨こなごなに叩き食ふ

あかがりに妻の土産の馬油塗る

日の底に白魚汲めり椿川

母の字の置手紙あり卒業す

どこまでもまつさを春の干潟かな

雫して葵祭の馬すすむ

阿波の空とことん晴れて遍路発つ

本陣の夏炉に燠のはじけたる

あぢさゐに山の風生るヨハネ堂

馬の名は一葉といひ暑に耐ふる

じじだらくに単衣吊るせり露伴の居

この月のどこかにいくさはじまりし

水遊び舟となりたる母の靴

簗番の風に吹かるる堰の上

色鳥や小さき朝鮮女墓

みどり子のおならめでたし初笑ひ

寒鯉の身をねぢらせて睡りけり

反故の紙しづかにひらく寒夜かな

黒潮の帯なすひかり寒茶摘む

卒業のことば少なく別れけり

反戦のデモの赤旗黄沙くる

一村の真ん中に寺のぼり藤

鈴虫の郵便局に鳴きはじむ

飯蚊帳に伏せて熟寝の赤ん坊

曳き売りの婆が蝮を提げて来し

ぢいちやんが好きと裸子うらがへる

四万十の夕日のいろの河蟹食ふ

投網の輪ひろがつてゆく鮎の川

熱き湯に臍をうかべて年つまる

この庭へ急転直下石たたき

梵鐘の乳首の煤を払ひけり

声大き土佐の女の金魚売　『虎の陶枕』抄

新牛蒡新聞紙より泥こぼす

みんみんの血天井より鳴きだせり

山寺の弓道場に瓜冷やす

生身魂むかし駆落ちせしといふ

花びらは軽羅の天女まんじゆしやげ

手焙りの灰美しき山の寺

初暦坊に鯰の自在鉤

箱廻し山門くぐり御慶述ぶ

初庚申地震の祈願の太鼓打つ

お遍路の腰掛けてゐる力石

恋雀鬼瓦よりこぼれけり

一茶寺蛙合戦はじまりし

アルプスの残雪の襞むらさきに

ゆる抜きの水とどろけり麦の秋

声明の声美しき青野かな

青葉潮フェリーあらがひ横向きに

晩年は自在に生きよ蟇

広島忌いくさ忘れぬ鐘を撞く

秋暑し大雁塔の影に坐す

西安の夜を甚平にくつろげり

青石の句碑にそそぎし新走り

鷹ひとつ阿波の岬をめざしけり

寒昴百の僧坊寝しづまる

百本の筆を洗ひて年新た

オリオンは水平線に姫始

初泣きの子を自転車の籠に乗す

寺の寄席梅の屏風をたたみけり

水たまりとんで涅槃の僧きたる

鶏合せ一升瓶を喇叭飲み

海底へつづく漣痕磯開き

二階よりさがす泰山木の花

うたたねの虎の陶枕旅恋し

梅雨茜空襲の日の空もまた

虫干しのチベットラグの虎叩く

霍乱に間に合はざりし陀羅尼助

あるだけの鐘打ち鳴らす原爆忌

くらがりに弟らしき秋遍路

茶立虫どこかに母がゐるやうな

吉野川尺の穴鯊棒釣りに

居酒屋に師の筆跡の秋扇

桜島見ゆるきざはし七五三

掛合のこゑ美しき箱廻し

初講義晶子の恋の歌よりす

錫杖に青き輪飾りお七仏

真贋をそれぞれ言ひて懐手

涅槃図の月の剝落してゐたる

とりどりの友禅流し水温む

風船に百歳の息吹き込みぬ

無一物泳ぎ出さうぜ月の海

上臈のこゑ高らかに常楽会　『遊戯』抄

菜の花を教材にせり誕生日

色濃しと讃へて阿波の山ざくら

接待の子が草餅を差し出せり

馬蛤の穴つぎつぎ塩を入れて待つ

お遍路にフルートを吹きもてなせり

青嵐すとんと落ちし釘隠し

初夏の寺に浄瑠璃一座来る

かづら橋揺るる高みを梅雨の蝶

地下鉄を出てうろうろと水中り

裸の子つるりと逃げてしまひけり

鐘撞いて走り去る子よ原爆忌

鰻肝食ひ眼力の戻りたる

生身魂戦死せし子を誉めにけり

住職が猿飼ひならす盆の寺

杖にシャツ巻きて坂来る秋遍路

白飯に酢橘たつぷり老教師

父かつて兵たりし地や黍嵐

草原の風窓に入れ蝗食ぶ

十夜僧のくさめが婆にうつりけり

元日の晴れて大きな人の影

人間を覗きに来たる狸かな

湿田に残る白鳥羽越線

三月の底力ある日本海

煤黒の土の雛に紅のいろ

遠浅のさざ波立てり春の海

梅漬けて氷砂糖の余りけり

落雷に腰を浮かせし観世音

七夕や星の雫の男児生る

どんぐりを踏みしたたかにたたら踏む

地芝居の清姫の蛇寸足らず

短日の峡の底ひに瑠璃の水

をみならがきんのこのこをこのみけり

箱廻し雪の畦来る大旦

買初の師の書に黙の一字あり

碁会所へ祖父のマントのあとを追ふ

沖へ出る水かがやけり花うぐひ

焼餅の出店賑はふ彼岸寺

雪吊りの縄ゆるびたり濡れ仏

経蔵の屋根に人ゐる遅日かな

おほかたは川に戻して蜆選る

飢ゑの日の遠くなりけり砂糖水

死ぬものにむらがる赤き山の蟻

鎌祝ひ棚田に煙たちのぼる

穴まどひショパンを聴きて隠れけり

障子入れ本堂に影生まれけり

湯浴みの灯かすかに漏るる冬安居

雪女郎抱けばたちまち消えにけり

元日の人去つて人なつかしき

鳥雲に鎮魂の鐘打ち鳴らす

天瓜粉打ちて導師の席にあり

香煙を浴び蛤となる雀

一駅を妻と歩めり星月夜

朗らかな女あつまり寒茶摘む

初旅の混浴にゐてちぢこまる

今朝の春遊びをせんと野に出たる

東山三十六峰雷走る

役僧の暑し暑しとつぶやけり

唐辛子病む鶏に呑ませけり

掛乞の大風呂敷を拡げたる

おひらきはにつぽんのうた初句会　『台湾抄』抄

テレサ・テン

清明や歌姫の墓楽流る

旅人の我も水浴び仏誕会

月仰ぐ阿美の踊りの輪となりし

この石を枕に旅の更衣

田植どき山の水引く移民村

朝粥を路地に愉しむ花月桃

街道に残る鳥居や鳳凰花

相思樹の花のこぼるる朝の卓

茉莉花を胸に飾りて出勤す

そよ風に恋の語らひ団扇椰子

黄霊芝先生とゐてパパヤ食ふ

昼顔の花トーチカに戦闘機

風鈴や床のきしみし茶藝館

陽明山にはかに鳴れり日雷

蟬時雨太極拳を遠巻きに

夏帽子紅毛城に待ち合はす

ふるさとに似たる山河や虹立てり

眼白籠吊りて愛河の風涼し

島人の親しきことば阿旦の実

涼しさやパイワン族の石の家

蛮刀で伐り落としたり青バナナ

花月桃かざしに村の女の子

抗日の山を閉ざせり霧襖

日本の名持ちしといへり焼芋屋

エッセイ

私と台湾

ふと、出会いの不思議さを感じることがある。何気ない他人の一言が人生を変えることがある。

まだ昭和の時代のこと、なると俳句会会員のSさんから「台湾に日本語で俳句を作っているグループがあるらしい」との話を聞いた。どうやら、台湾からの日本向け短波放送で知ったらしい。それでは確かめに行こうと、仲間と台北の放送局を訪ねた。たまたま、アナウンサーのMさんが「台北俳句会」の会員であったことから、この俳句会の生みの親である黄霊芝氏を知ることができた。

その二年後に、台北で世界仏教徒会議が開かれて、私も出席をした。会場であった陽明山の麓に黄氏が住まわれていて、会議の帰途、バス停で待ち合わせた。このときが、黄氏との最初の出会いである。

黄氏は、台湾を代表する作家である。小説から俳句、短歌、詩、評論、随筆、翻訳、学術論文、彫刻まで、幅広い分野で活躍している。しかも、どの分野でも第一級の作品を生んでいる。氏の作品の多くは日本語によっているが、「私には、日本への崇拝もあこがれもない。親日家でもない」と言い切る。一九七〇年には、中国文による小説「蟹」で第一回呉濁流文学奨を受賞している。かたわら、台湾唯一の日本語による俳句会「台北俳句会」を創設し、四十六年に亘り、指導に当たってきた。

黄氏は、私にとっては尊敬すべき師であり、気の置けない先輩である。私の机上に「黄霊芝の恋文」と書かれた何冊かのファイルがある。これは、黄氏と私との秘密の通信文の綴りである。いわば、二人のストレス解消の捌け口である。「台湾が好きで鰻を食ひに行く」の戯れ句が高じて、句集『台湾優遊』を出版したときも、細部に亘って、黄氏にご指導いただいた。そのうえ、二〇〇〇年には、この句集に第一回台湾俳句文学賞の栄誉まで授かった。

黄氏は、骨董万般、ことに中国古玉器に詳しく、国立故宮博物院嘱託の肩書を持つ。私が骨董の魅力にとりつかれたのも、黄氏の影響である。

私はあるとき、台北の骨董店で、時代物の仏具の一種である九鈷杵を見つけた。黄氏に値段を聞いてほしいとお願いしたところ、翌日、入手してあるから来台されたしとのこと。私はすぐに台湾へ出かけ、十二世紀のチベット文物を手に入れることができた。この九鈷杵が第一号の収蔵品となり、私が住職をしている万福寺に、マヤ・マンダラ美術館を開設するきっかけになった。

朝日新聞に好評連載された詩人大岡信氏の「折々のうた」に、黄氏の俳句と短歌が二日連続で取り上げられたことがあった。これはめったにないことで、大岡氏も黄氏の作品を評して、「本格的で、どの作も論も、一頭地を抜く」と絶賛している。手前みそだが、私の句「鰻食ふ手にもてあます旅鞄」も「折々のうた」に載った。これもすべて黄氏とのご縁のたまものである。

黄氏は、二〇〇三年に十年がかりの労作『台湾俳句歳時記』を上梓した。この本は、全く新しい試みの歳時記で、従来の日本の歳時記とは異なる季語を詳細に解説している。写真も俳句も豊富であり、朝日新聞の「天声人語」にも、取り上げられた。この書で、二〇〇四年には「正岡子規国際俳句賞」を受賞し、日本政府から長年の功績をたたえられて勲章を受けた。

私にとって、台湾は第二の古里である。私の台湾への思い入れは、年を追うごとに深くなってくるが、黄氏との出会いがなければ、私の台湾に取材した三冊の句集も生まれなかった。二〇〇七年には、花蓮県吉安慶修院に私の句碑が建った。日本の俳人としては、台湾で最初の句碑とのことで、まことにありがたいことであった。これも花蓮県文化局の方々や台湾の多くの人々のおかげである。

「台北俳句会」は、二〇二〇年三月に創立五十周年を迎えた。予定していた式典は、新型コロナウイルスの影響で延期になったが、毎月、私の手許に送られてくる「台北俳句会会報」には、五十人に余る投句者、選句者が名を連ねている。「台北俳句会」の伝統は、熱心な会員によって、脈々と受け継がれている。

泉下の黄霊芝氏も喜ばれているに違いない。

台湾の俳人

その一

台湾の黄霊芝先生と私との間でファクス通信のやりとりが続いている。黄先生は知る人ぞ知る第一級の文化人。博学多識、文章は洒脱高雅、人柄は温厚篤実、私にとっては、かけがえのない師であり友人である。

「なると」に掲載の黄先生の文章もファクス通信で頂いたものである。先生の「文法」についての鋭い切り口は、現在の乱れた日本語への警鐘である。しかし、先生は「日本の先生方がお読みになれば必ずお気を悪くされるに違いないということを承知の上で、敢えて書かせて頂きました」と追伸されている。黄先生はつづけて次のように述べている。「今年の四月三十日に、NHKが「台湾万葉集」と題して八十分番組の特集を組みました。が、それが終わったあと、私は五人の人から次々に苦情ならびにお叱りを受けました。その内容は私自身が見ていた時点で大変に気になっていたことでもありましたため――私はこの特集には全然かかわっておりませんが――平身低頭して五人の方に謝るほかございませんでした。

この番組を見た人々の多くは、この放映から、今日の台湾における日本語文関係者や日本文芸愛好者ないし作者たちが、こぞって「日本に憧れ」「日本人になりたがり」「剣道をし」「海征かば……大君の辺にこそ」を歌っている、とそういった印象を受けると存じます。NHKがこの種の主題に絞った編集の仕方は、編集者としての勝手かも知れませんが、それによって台湾における関係者がどれだけの被害を蒙る、または蒙りかねないことへの思慮は甚だ足りなかったと思います。」（後略）

黄先生によれば、台湾の民主化までの道のりは大変であり、日本の言葉を用いた日本文芸の会は結社登録を許されなかったとのことである。『文藝春秋』を売ったために十数年の刑に処せられた本屋さんもあったとか。私たち日本人はとかく平和ボケをしている。日本と台湾との関係を考えるときに、少なくとも両国の正式の外交は閉ざされていることを認識しなければならない。

日本の俳人の多くは、台湾に日本語を使用して俳句、短歌を作る人たちがいることに驚き、関心を示し、友好を結ぼうとするが、台北俳句会の人たちや台湾の日本文芸を愛好する人たちが、ある意味では「命がけ」で文芸と取り組んでいることを理解すべきである。


（H7・8）

その二

台湾台北市のある日本料理店でのこと。五人の男が酒を酌み交わしつつ、日本料理を味わい、談論風発、楽しい一刻を過ごしている。朱卓を囲んで、台湾文学界の重鎮黄霊芝氏、台北俳句会の幹部同人の頼天河氏、骨董万般鑑定王の林慶伝氏、日本からは私と仏教界を代表する荒木戒空大僧正。男五人の話は政治、経済から女性論まで尽きることがない。台湾ビールの風味も格別で、話は深更に及んだ。

酒杯を重ねつつ、頼天河氏が私に話しかけてきた。

「ハイジンの条件とはいったい何でしょうか」

いささか酔いの回った私は廃人か俳人かと一瞬考えたが、とっさに名答も浮かばず、

「俳句をひたすら愛する人でしょう」

と優等生のような阿呆なことを言ってしまった。

すかさず横から林氏が
「一結社の主宰をしている者」

と助け船を出してくれた。これなら私にも資格があるなとほっとしていると、頼氏が、

「句集を出している者ではどうであろうか」

と提案した。私の顔は一瞬曇った。実は、私はまだ句集を出していないのである。いつかいつかと思う内に馬齢を重ねている。

すると、誰かが発言した。

「いや、句集を出していなくともすばらしい俳人はたくさんいるし、主宰者にしても日本中で約一千の俳誌があるが、それだと日本全国で俳人に値するのは一千人しかいないことになります」

その通りである。五人は顔を見合わせて、いったい俳人一千万人時代の真の俳人は誰だろうと考えてみた。

そこへ、黄氏が静かな口調で、

「俳句が売れる者というのはどうであろうか。短冊とか色紙が市場で取引される者であれば公平でしょう」

なるほど、これは名案である。虚子、誓子、楸邨、綾子等有名俳人の染筆は今かなりの高価を呼んでいる。

「私も今の内に書いておこうかな」

の笑い声でおひらきになった。

（H8・9）

その三

縁とは不思議なものである。私は、第一句集『台湾優遊』の中で

朝霧のこのみづうみへ骨撒かん

を発表した。みづうみは日月潭のことである。玄奘三蔵をあこがれの師としているので、日月潭のほとりにある玄奘寺の見えるところに、骨の一かけらを撒いて欲しいと思っていた。

ところが、このたび、台湾の多くの人のご尽力で、私の句碑が、台湾花蓮県吉安慶修院の境内に建った。花蓮は、台湾東部にある街で、大理石の産地であり、先住民のアミ族の多く住む所である。タロコ峡谷は、台湾最大の観光地で、二十キロもつづく断崖絶壁は目もくらむほどである。

この花蓮へ日本人として初めて移民したのが、徳島県人であった。吉野川流域から移民した人たちは、荒地を耕し苦労の末、献上米「吉野米」を作り上げた。故郷にちなんで「吉野村」と名づけた。そこに、心のよりどころとなる真言宗の寺を作ったのが、現在の慶修院である。花蓮県は文化財として登録、四年前に大改修して美しい寺として甦った。今では、年間七万人の人が訪れている。境内には、四国八十八ヵ所もあり、池には鯉も泳いでいる。本堂は文化財にふさわしく方形造り銅葺きで、全体の造形まことに美しく、日本建築の特徴をよく残している。境内中央部の芝生の丘には、大きな修行大師像があ

り、花蓮の人々の信仰をあつめている。

月仰ぐ阿美の踊りの輪となりし

昨年十一月、句碑建立にご尽力いただいた宜蘭県医師会理事長許國文先生から電話があり、急遽花蓮へ出向いた。慶修院開創九十周年の式典に、花蓮文化局や国会議員の先生方も立ち会って、句碑の建立場所も決まった。お国の事情も違う中で、かつての統治国であった日本人の、しかも一介の俳人に過ぎない私の句碑を建ててくれた台湾の人々の度量の大きさに敬意を払いたい。

ロータリークラブを通じてご交誼をいただいている許國文先生、楊守全博士、花蓮文化局の黄先生、翁女史、通訳をしていただいた鍾女史など、多くの人々のおかげである。

花蓮に私の分身が生まれたことを感謝している。

（H19・6）

その四

「福島さんお元気ですか」

受話器の向こうから大きな声が聞こえてきた。台湾新竹にお住まいの李秀恵さんからである。李秀恵さんは私とは年齢が一回り違うので、私にとっては姉さんのようなものである。李秀恵さんも私を弟のように思ってくれている。

「庭によもぎが萌え出したので、よもぎ餅を作ってお送りします。待っていてください」

二日後、段ボール箱いっぱいの餅が届いた。まだ搗きたてのように柔らかく、よもぎの香りがいっぱいであった。それにしても、台湾の新竹県から二日で届いた快速便に驚いた。お礼の返事は後回しにして、早速よもぎ餅を焼いてみた。七輪もなくなり、炭火で焼くこともできずにオーブンで焼いた。ふっくらと焼きあがったよもぎ餅は台湾の香りがした。口に入れるとよもぎの濃い香りが口中に広がった。やわらかくて、しかも腰がある。

李秀恵さんにお礼の電話を入れた。段ボール箱いっぱいの餅を作るのに、どれほどの労力を費したかは想像に難くない。一人暮しの秀恵さんだけになおのことありがたいと思った。秀恵さんの作るよもぎ餅は客家の家庭でよく作られると聞いた。客家では、みんなが仲よく、円満であるようにとのことで、餅を蒸す蒸器は円型になっている。ところが、円い餅はどこから切っても角が立って円くはならない。秀恵さんは特製の蒸器を作ったという。ビニール袋に包まれた四角い餅を私は俎の上で切った。よもぎの香りが台所に漂った。ご近所にもおすそ分けをした。娘の家にも届けた。娘のマヤは「こんなにおいしいお餅は食べたことがない」と喜んだ。

朝日新聞に、二月の台北俳句会に長谷川櫂氏が訪問して句会が開かれたことが報じられていた。櫂氏が特選に採ったのが李秀恵さんの次の句であった。

大根の古漬け名人それは我

お喜びを申し上げると、「我」とは自己表示でなくて謙遜の意味で使ったのですよとの答えが返ってきた。「この私めが」というぐらいの軽い気持だといわれてみると、なるほどと合点がゆく。李秀恵さんは、台北句会でも控えめでいつも末席にいたことを思い出した。

（H25・4）

その五

一月十二日、久しぶりに台北俳句会の新年句会に出席した。会場の国王飯店の二階からは見慣れた風景が広がっていた。二十年前にはスラム街であった眼下の公園は美しく整備されている。

句会は二十八名の参加者があり、終始なごやかで、いつ伺っても気持ちがよい。飛入りの日本からの客人の的はずれの長話には辟易したが、台湾の人は気が長い。台北俳句会は、黄霊芝先生によって創設され長い歴史を持つが、日本の俳句結社と同様、高齢化が進み、戦前の日本語世代もすでに八十代半ばとなっている。

句会には、九十代の林美さん、黄葉さんも出席されている。黄葉さんは披講のときも的確な評を下す。「この句は只事でしょ」といった調子である。林美さんは顔立ちが私の母親によく似ていて、つい母のことを思ってしまう。数年前に脳梗塞になったが、見事に立ち直られた。お宅へも伺ったが、日本の演歌がお好きでＶＴＲを楽しまれている。林美さんが私の母親なら、私の姉さんは李秀恵さんである。私より一回り上の寅年で、最初にお会いしたときから、なんとなくウマが合った。「今年は娘の家へ転居したので草餅が送れないかも」と心配してくれる。心根の優しいお人柄である。李錦上さんは「なると」の同人として毎月熱心に投句をつづけている方だが、私にとっては兄貴にあたる。いつお会いしても笑顔がすばらしい。国際人にふさわしい活躍ぶりである。林蘇綿さんは、癌の手術後日も浅いのにわざわざ出席されていた。その気力には脱帽した。句会の重鎮の廖運藩さん、高阿香さん、同郷の北条千鶴子さん、林百合さん、などなつかしい人たちである。

台北俳句会は古い会員と若い会員がうまく嚙み合って活動している。その中心が杜青春さんである。会の運営から会報の制作まで青春さんの奉仕によって成り立っている。

アケオメのメールも届く年新た

青春さんの当日の句である。「あけましておめでとうございます」の若者のメール語である。なんとも若々しい。何よりもうれしかったことは黄霊芝先生のお宅へお伺いして、先生と懇談できたことであった。しかも、先生と夕食をご一緒させて頂き、思い出深い初句会となった。

（H26・3）

その六

台北俳句会会長の黄霊芝先生が平成二十八年三月十二日に亡くなられた。この報せは私の誕生日の三月十五日の夜、高阿香さんの電話で知った。わが家では誕生日に赤飯と鯛の焼魚を付けるならわしがあるのだが、今年はどういうわけか、この老人にバースデーケーキがプレゼントされていた。そこへ黄霊芝先生の訃報が届いたのである。黄霊芝先生に関しては、この「古玩愛贋」でもたびたびとりあげた。なにしろ、私に骨董の楽しみを教えてくれたのは黄先生であった。骨董のことを何にも知らない私がこの魔界の深みにどんどんと入っていったのは台北の地下街の骨董街での出会いであった。そこには、目もくらむような中国歴代の文物や古代の鏡などが陳列されていた。どの店でも黄先生は上客らしく、座ればすぐに上等の台湾茶の接待にあずかった。同伴の私までもが、黄先生と同じ扱いを受けた。スポットライトの中の文物は、仏像から玉に至るまで輝いていた。

黄先生のお宅に伺うと、必ず珍しい文物を頂いて帰る。出し惜しみをせず気前よく愛玩品をいただくことになる。いつか、この連載で黄先生自筆の霊芝の話を書いたことがある。大きな茸の霊芝に先生が自作の歌を書かれたものである。日付は二〇〇七年五月と記してあるので、ほぼ十年前のことになる。

二年前の一月に先生のお宅へお伺いしたときに、何やら得体の知れないツヤツヤとした熊手のようなものが花瓶に挿されていた。「これは何ですか」と聞くと先生は「これが本物の霊芝ですよ」といって差し出された。黄先生の名著『台湾俳句歳時記』に次のような記載がある。

「サルノコシカケ科の菌類に数種あり、うち菌体にラッカ様の光沢をもち、長柄を具えたものを日本では霊芝（マンネンダケ）とよび、現代のものをサルノコシカケとよぶが、台湾では共に霊芝と称する。長く腐朽しないために愛玩され、昔々の昔から霊薬ともされ、かの秦の始皇帝の求めた不老不死の薬がこれだったらしいともいう。有機ゲルマニュームを多量に含み、血液に酵素を与え、免疫力を高めるとして今日、医療に大きく登場してきた。煮汁を薬用し、製剤ともされる。霊芝のもつ独特な形や紋様が瑞雲に似るとして、中国では漢代頃から吉祥の雲紋に見立て、竜の身辺を飾った。この霊芝紋はのち、瑞祥の器なる如意に受けつがれる。台湾では山地に発生が多く、盛期は夏。形のよいものを愛玩用に、不細工を薬用とする。」

この解説文の内、傍線部がこの霊芝にあたる。どうやら日本ではマンネンダケのことを霊芝とよんでいたらしいが、むしろ現代では梅の樹木に寄生するものを霊芝として漢方薬店などで売られている。

旧知の漢方薬店にも聞いてみたが、マンネンダケのことは知らなかったようである。してみると、このキラキラ、テカテカと光る霊芝こそが霊芝中の霊芝といってよかろう。

「人さまから親切にされたことや頂いたものはいつまでも忘れないようにしましょう。人さまに差しあげたものは早く忘れるようにしましょう。」この教えは、私の大好きなものであるが、黄霊芝先生との三十年間の出会いの中で、先生からはご恩情を受けたことばかりで、私から先生に差し上げたものは余りにも少ないことに思い至る。

この霊芝が先生から頂いた最後の想い出の品となってしまった。今、私はこの霊芝を応接間の花瓶に挿して客人に見てもらっている。

（H28・6）

解説

福島せいぎ著『台湾優遊』を読む

台北俳句会会長　黄　霊芝

かたまりて家鴨かがやく夏の川

(1)一首の主観は「かがやく」にあろう。何が輝いているのだろうか。動詞の「かがやく」はいうまでもなく四段活用であるから、当然終止形も連体形も同じ言葉となり、当然この一首には二つの解釈が成り立つ。すなわち「かたまりて家鴨」とここで切れ、次に「かがやく夏の川」が別の景としてつづく。もう一つの解釈は「かたまりて家鴨かがやく」までを一章だとする見方である。もちろん、かりに私が日本人だったとしても、どちらかわからないと思われ、ゆえに日本人でない私にわかるはずはない。だのに何だかわかるところにこの句のミソが居坐るのである。いうなれば「かがやく」のは家鴨でもあり夏の川でもあるという二段かけの、または二枚舌を持つ曖昧の美が日本語の四段動詞をして和《に》ら笑《こ》いをさせる以上、その性格を利用するのは芸の達者が企む常套である。

(2)自体、言葉の発生は意志の伝達にあったと思う。意志の伝達は明確でなければ旨に悖《もと》る性質のものであるから、曖昧なる言語は人様のお脳を攪乱するばかりで、いささかも喋った動機が結果として戻って来ない。たとえば時々、私は乙女に跪いて求婚するが、いつも「そうねえ……」という返事を聞く。一体どういうご存念なのかさっぱりわからない。こうして毎日毎日、一輪のバラを口に銜え、かの燕尾服にアイロンをかけて若やぎつづけるのであったが、いずくんぞ困るとしか言いようがないではありませんか。

(3)その実、言葉は日々に、または時代とともに進化し、それに伴っての人の社会における文化的進化を綯《な》いまぜながら次へと進化し、人としても綯いまぜられながらも綯いまぜ返しつつ、互いに成長する。今日の人の様相はかくして成ったものであり、将来にもつづこう。今日の日本語はかかる未来の日本語と過去の日本語との中間にあるに過ぎず、人ある限りつづくであろう言語の一齣としての華やぎを謳っているに過ぎない。いいかえれば言うところの日本語とて、将来には将来の文脈があるはずであり、今日的立場としては、いくら辞典をめくっても「未来語」は見えない。今人の辞典編者には未来語への把握の能力がないからである。ゆえに今日の私たちが言語を論ずる時、今日と過去の日本語をしか論じ得ない。

(4)四段活用動詞の出現は、日本の文化が生み出した「曖昧の美学」(この一首における「かがやく」のご本尊が誰なのか)わからないし、そのくせ何だかわかるという美学が、実は日本文化の原点だったような気が、あるいは一種の「ずるさ」だったにせよかかる曖昧なる相対関係の四段動詞を生み出した経緯には、民族の心態のほかに、コンピューターが芸を扱え得ないという一説を諾わずに居られないことを証し得よう。

・最後になったけど、この一作は芸のうちであり、破綻の謗りを斥ける。

水牛の泥田を蹴つて耕せり

(1)水牛が泥田を耕すのは当然である。しかるに、この句を当然たらしめていない一語は「蹴つて」にある。

(2)「水牛が泥田を蹴る」とはどういう状態なのであろうか。「蹴る」には「怒って蹴る」と「勇んで蹴る」の両方があるかと思うが、私は後者の意として取りたい。(季感の一景として)。

(3)水牛が田圃を耕すのは、水牛の祖先代々からの職責である。いわば職業だ。そして人は(主人は)彼の働きに頼って生計を営んでいる。彼は主人に養われながらも主人を助けている。そんな相互関係にあるわけだ。

(4)ところで一年三六五日、水牛は耕してばかりいるわけではない。彼なりに仕事のない日も多いのである。そういう時、勤勉な彼は暇に飽き足らないに違いない。働き者にとり勇む機会がないのは、停電した時のラジオのように、または雨つづきで運動場が走れないチャンピオンのように、遣る瀬ないのであった。

(5)かくして遂に働く日が来たのだ。水牛は相手が泥であろうとなかろうと、いや、泥まみれこそ、溢れんばかりの力をもって蹴って働くのである。

(6)ちなみに「蹴る」は具体的な情景描写であり、仮に「勇む」と書けば「説明」になってしまう。(表現芸術の世界では「勇む」と書いて「蹴る」を想定させるべきではなく、「蹴る」と書いて「勇む」を暗示すべきものなのだ)。(いいかえれば「蹴る」は写真に撮れるが、「勇む」は写真に撮れない)。

生卵立ててよろこぶ端午の日

(1)端午の正午には鶏卵を立てることができる。必ずしも立つとは限らないが、立ちやすいのは確かで、これは地球の磁場の関係だともいう。
(2)端午の日に生卵を立てて遊ぶのは台湾では民俗であり、詩ではない。しかるに、この句が詩であるのは「よろこぶ」という言葉があるからだ。卵が立ったからといって別に生活が豊かになるわけでもなく、級長になれるわけでもない。たあいない一事に過ぎないのであるが、しかし卵が立つとやっぱり嬉しくなるから不思議なのである。
(3)卵を立てているのが小児だったにせよ大人だったにせよ、とにかくその人物像が、その個性のようなものまで見えてくるのは、やはり作者の力量であろう。

アミの子がふらここ漕げば海見ゆる

(1)アミは台湾の原住民族の一つの名称。高山に住まず平地に住む、東部海岸の台東・花蓮一帯の居民。古くすでに首狩りの風習を捨て、会っても笑ってくれたりした。
(2)「ふらここ」とはブランコのことであるが、多分、台湾には日本時代に入ってきたものと思う。幼児の遊び道具として。多くは学校とか遊園地とかに。
(3)台湾のアミ族はもと海洋民族で、分類学上、『南島語族』(高山語群)に属する。農耕と漁猟に携わる。
(4)そんなこんなを考えた時、整った一首であることがわかる。海洋民族の裔《すえ》のフラココの上での海の景。

花蟹をすすり身の上話など

(1)「花蟹」は俗称。
(2)本当の名は花市仔《フェーチィアー》とか紅市仔《アンチィアー》で、市仔とはがざみをいう。がざみとてカニには違いないから、別に詐欺というほどではないだろう。色が赤いので火焼公《フェーシォコン》ともよばれる。日本名はシマイシガニ。

(3)花蟹は甲長六、七センチぐらいの小柄な蟹で、ピンクの地に黒色の斑紋を派手に彩り、見た目にも小粋な感じのする、やや女性的な蟹である。どこででも売っているというほど大衆的でもないくせに、さほど高価でもない、そんな海鮮館や料理屋で名指したくなる蟹であり、また、それゆえの二人の間柄を匂わせる蟹の名である。(家族ではないが、やや家族的な二人の間柄であろう)。

(4)措辞の省略の妙と余韻づくりの巧みさは、作者が日本語をよく知っておられる方だということを人に疑わせない。

荒彫りの仏匂へり山つつじ

(1)「山つつじ」とは野生の躑躅のこと。よって山村の景。

(2)そこに「荒彫りの仏」がいますことは、その山村に彫仏の伝統があるのであろう。山奥ではなく山村だ。

(3)仏を彫る場合、宗教が絡むので、ロダンのバルザック像のような自由は許されない。こうして「荒彫り」の仏が「中途半端」だったにせよ仏であることがわかる。多分、彫仏師の仕事場の景であり、未完成の仏像が彫られている最中なのだ。

(4)仏は尊い。ために名木を使う。ヒビの入りやすい雑木を材に使うことはない。そんな彫刻師と木材の香。そして山村。そしてそんな山村の存在。鑿と香り。

(5)「荒彫りの仏」と「山村」の兼ね合いが香り立つ。

富籤に群がる女夏氷

至妙の一首。女であるのがよい。富籤であるのがよい。夏氷であるのがよい。かりに男では駄目、アイスクリームでは駄目。富籤と女とのかかわり、女と夏氷とのかかわり、殆どどんな女たちなのかが推測できるほど、風俗画としても一幅。作者が数かずの作品に見せる取り合わせの妙は、多分直感によるものだとは思うものの、それは柳生宗矩のかの一刀の閃めきを支えたものが何であったのかと似つかうほど、一種の極致に遊ぶ。企まずしてすでに芸。

町裏の小さき教会鳥雲に

⑴台湾の廟めぐりをすれば直ぐ気づくことであるが、市中の古廟は殆どが小さな路地の裏にある。この小さき路地は、しかしその廟の華やかなりし頃の繁華街だったであろう。そこに過ぎ来しの歴史がある。

⑵「鳥雲に」とは春に候鳥の類が去ることで、それが雲の彼方に消え去るさまをいう。候鳥にも候鳥の渡りの歴史があり伝統がある。そしてその歴史や伝統は未来にも引きつがれてゆくであろう。そんな鳥であり、そんな小さき教会である。

⑶何でもない一首であるが、意外なほど内容は深い。

海と空ひとつづきなる朧かな

朧とは視覚に訴える明るさの抽象的な名詞で、見えるといえば見え、見えないといっても嘘にならない、そんな頼りない明るさであるが、やっぱり何かが見えるのだ。そんな天と海。海とは不思議なもので、地球上の陸地以外を満たし、陸のように国を形成することは古来なかった。そしてどこの海もが高さを同じくし、海抜という言葉を生んだ。ガラス瓶に手紙を入れて海に流すと、案外に台湾の浜とアルゼンチンの浜とがつながってしまう。フランス語の海はメール（mer）といい、これは母（mère）と同じ発音である。そして空とともに「太古」を匂わせる。

とまれ、この句では天空と海原が果てしないほどに広がっており、それを諾う形で、または有耶無耶のうちに両者を墨絵ぼかしに一括してしまう権限を「朧」に託したらしく思われる。この句には混沌たる中での秩序があり、でたらめでない神秘さが詩人を支えて息づく。

あとがき

私は「偶然という出会いはない」ということばを信じている。

本句集には、平成二十五年までに刊行した七冊の句集より、四〇〇句を選んで収録した。『台湾優遊』は、二十年間の台湾の旅の印象をまとめたもの。『青春』は、二十代から四十代までの作品。『沙門』は、五十代の作品。『天蓋』は、六十代前半の作品。『虎の陶枕』は、六十代後半の作品。『遊戯』は、七十代前半の作品。『台湾抄』は、私にとって第二の古里である台湾の人たちとの出会いから生まれた。

解説は、私にとって良き師であり友である台北俳句会会長の黄霊芝先生の文章からいただいた。

今日まで私を支えてくださった句友や全ての人に感謝したい。

令和二年十月

福島せいぎ

発行　二〇二〇年一〇月一日　初版発行
著者　福島せいぎ

発行者　山岡喜美子
発行所　ふらんす堂
〒182-0002　東京都調布市仙川町一ノ一五ノ三八ノ二F
ホームページ　http://furansudo.com/　E-mail info@furansudo.com

現代俳句文庫

福島せいぎ句集

TEL（〇三）三三二六—九〇六一　FAX（〇三）三三二六—六九一九
振替　〇〇一七〇—一—一八四一七三
印刷・製本　壷屋製本
定価＝本体一二〇〇円＋税
ISBN978-4-7814-1306-8 C0092 ¥1200E

現代俳句文庫
既刊一覧

①坪内稔典句集
②宇多喜代子句集
③和田悟朗句集
④栗林千津句集
⑤西川徹郎句集
⑥茨木和生句集
⑦友岡子郷句集
⑧伊丹公子句集
⑨辻田克巳句集
⑩山田弘子句集
⑪辻　桃子句集
⑫柿本多映句集
⑬深見けん二句集
⑭小檜山繁子句集
⑮大峯あきら句集
⑯澁谷　道句集
⑰穴井　太句集
⑱品川鈴子句集
⑲成瀬櫻桃子句集
⑳斎藤梅子句集
㉑佐川広治句集
㉒攝津幸彦句集
㉓伊藤敬子句集
㉔斎藤夏風句集
㉕今瀬剛一句集
㉖原田青児句集
㉗高田風人子句集
㉘原田　喬句集
㉙池田澄子句集
㉚山本洋子句集★
㉛大島民郎句集
㉜伊藤白潮句集
㉝桑原三郎句集
㉞加藤三七子句集
㉟石井とし夫句集
㊱藤岡筑邨句集
㊲朝倉和江句集
㊳沼尻巳津子句集
㊴酒井弘司句集
㊵大串　章句集
㊶行方克巳句集
㊷関戸靖子句集
㊸村沢夏風句集
㊹きくちつねこ句集
㊺島谷征良句集
㊻大牧　広句集
㊼鈴木鷹夫句集
㊽中　拓夫句集
㊾大井恒行句集
㊿宮津昭彦句集
(51)小澤克己句集
(52)石　寒太句集
(53)山崎十生句集
(54)寺井谷子句集
(55)鳴戸奈菜句集
(56)戸恒東人句集
(57)岩淵喜代子句集
(58)内田美紗句集
(59)ふけとしこ句集
(60)棚山波朗句集
(61)久保純夫句集
(62)坪内稔典句集Ⅱ
(63)九鬼あきゑ句集
(64)澤　好摩句集
(65)中村和弘句集
(66)武藤紀子句集
(67)小島　健句集
(68)須原和男句集
(69)井上弘美句集
(70)藤本美和子句集
(71)大島雄作句集
(72)大関靖博句集
(73)火箱ひろ句集
(74)松尾隆信句集★
(75)仁平　勝句集
(76)高岡　修句集
(77)村上喜代子句集
(78)武馬久仁裕句集
(79)加古宗也句集★
(80)佐藤博美句集
(81)遠藤若狭男句集
(82)長嶺千晶句集★
(83)秦　夕美句集★
(84)朝吹英和句集★

★は在庫あり